唐詩畫譜

明·黃鳳池 輯

六言畫譜

明·黃鳳池 輯

唐詩畫譜

六言畫譜

唐詩畫譜序

天地自然之文惟詩惟字能窮其神惟字能模其機惟畫能肖其巧天詩也字也畫也之神之迹也也機也巧也文之精也精非何以載迹非精何以運當其心會趣溢機動神流舉造化之生之意人物之變態風雲溪壑之巻

唐詩畫譜

六言畫譜序
六言畫譜序

咕草木禽魚之散越惟詩字畫足以包羅之三者蕪備千載輝煌獨惜分而為三不能合而為一此文所以散而無統傳而易湮也易曰風行水上渙天下之文味斯言也可以知文矣新安鳳池黃生權衡於胸臆目選廖詩六言詩名公以書之又求名筆

唐詩畫譜 ▶

六言畫譜序
六言畫譜序

三　四

以畫之俾覽者閱詩以探文之
神摹字以索文之機繪畫以窺文
之巧一舉而三善備矣彼世之名
辭唐詩者非不紛然而字非名
之之筆機奚以模鐫字帖者非
不修然而帖非盛唐之詩神奚
以探刊圖畫者非不累然而畫
非唐詩之意巧奚以肖覽者耶

此失彼瞻前之後不無有遺憾
焉求其一唱三嘆擊節詠賞本
宵若此譜之美善無詠也黃生
之用心可謂有功於斯文而茲譜
所行允必其傳且久矣偉哉宇
肉之一火觀乎法眼圓賞鑒即
肉眼六嘉樂乎或曰文神物也譜
陳迩也嘲將安解余曰慎毋輕

唐詩畫譜

- 六言畫譜序
- 六言畫譜序

言近也夫神在庶物藉筆發焉神在名筆著譜載焉人知神之不離乎近又知迹之不離乎神即以此譜之近佐文之神之奧不可是譜也豈不博名千秋哉四方鑒賞者咸羨其功之宏而遠矣予閱之不倦因爲之序之簡端以識不朽云

新都程涓

新鐫六言唐詩畫譜目錄

鞦韆　　盧綸
江南　　王建
村屋　　曾參
雪梅　　韋元旦
舟興　　錢起
幽居　　王維
白鷺　　張謂
望月　　王昌齡

唐詩畫譜 ▶
六言畫譜目錄
六言畫譜目録

田園樂　　王建
三台　　王建
問居　季司直　　皇甫冉
村居　　李太白
途詠　　王昌齡
小江懷靈山人　　皇甫冉
遣懷　　柳宗元
閏月重陽賞菊　　孟宛
村居　　王建

萬嶽畫譜

六言畫譜目錄
六言畫譜目錄

唐詩畫譜

六言畫譜目錄
六言畫譜目錄

右

詩題	作者
山行	杜牧之
秋晚	白浩然
自述	白居易
醉興	李白
梅雪	李白
散懷	王摩詰
對琴	劉長卿
端陽龍舟	張瀚
感懷	劉長卿

左

詩題	作者
山寺秋霽	張仲素
長門怨	白居易
春眠	王維
野望	杜牧之
煙雨	章元旦
蓮花	李太白
春山晚行	岑參
溪村	白樂天
秋閨新月	王建

唐詩畫譜

六言畫譜目錄
六言畫譜目錄

渡黃河　崔惠童
春景　李白
夏景　李白
秋景　李白
冬景題畫　李邕
尋張逸人山居　李白
村樂　劉長卿
獨坐　杜子美
歸思　王勃
　　　顧況

冬景　李白
洛陽　羅隱
田園樂　王摩詰
自適　王摩詰
元日　高適

姚江又玄戴士英書

畫譜畫譜

六言畫譜目錄
六言畫譜目錄

冬景　　　　　　　　　李白　筆

秋景　　　　　　　　　羅鄴　詩

自樂　　　　　　　　　王維　詩

田園樂　　　　　　　　王維　詩

云日　　　　　　　　　高適

風景　　　　　　　　　南惠章

春景　　　　　　　　　李白

夏景　　　　　　　　　李白

烞景　　　　　　　　　李白

冬景　　　　　　　　　李白

長夏采茶遊入山裏畫　隱身鄉

林樂　　　　　　　　　林子美

靜坐　　　　　　　　　王維

說忌　　　　　　　　　薛氏

唐詩畫譜

六言畫譜

盧綸　鞦韆

鞦韆
孔苦樓前歌舞
綠楊影裏鞦韆
畫船悠颺鐸情
盡月蓬萊烟

完狗老人沈文愚書

唐詩畫譜 ▌

六言畫譜
王建　江南

三
四

江南　王建

青草池邊羊色飛猿
嶺上猿聲萬里湘江
雲到有風春雨人行

虛林明經

唐詩畫譜

六言畫譜

曾參 村居

村居

曾參

夾岸人家臨鏡孤邨燈
火懸星高未千枝鷺下深
潭百尺龍吟

盛士龍

唐詩畫譜

六言畫譜
韋元旦 雪梅

雪梅　　　　　　韋元旦

古木雪昏鴉山雪小橋
深山人家昨夜春寒料
峭夕陽青子紅梅花

廣林田玄之

唐詩畫譜

六言畫譜

錢起　舟興

舟興　錢起

風蒲中流漾笛煙波蒼
日蓮歌歸舟明月護誰
山容擁琴夜過

丙辰仲秋偶錄於綠上窗
虎林沈鼎新

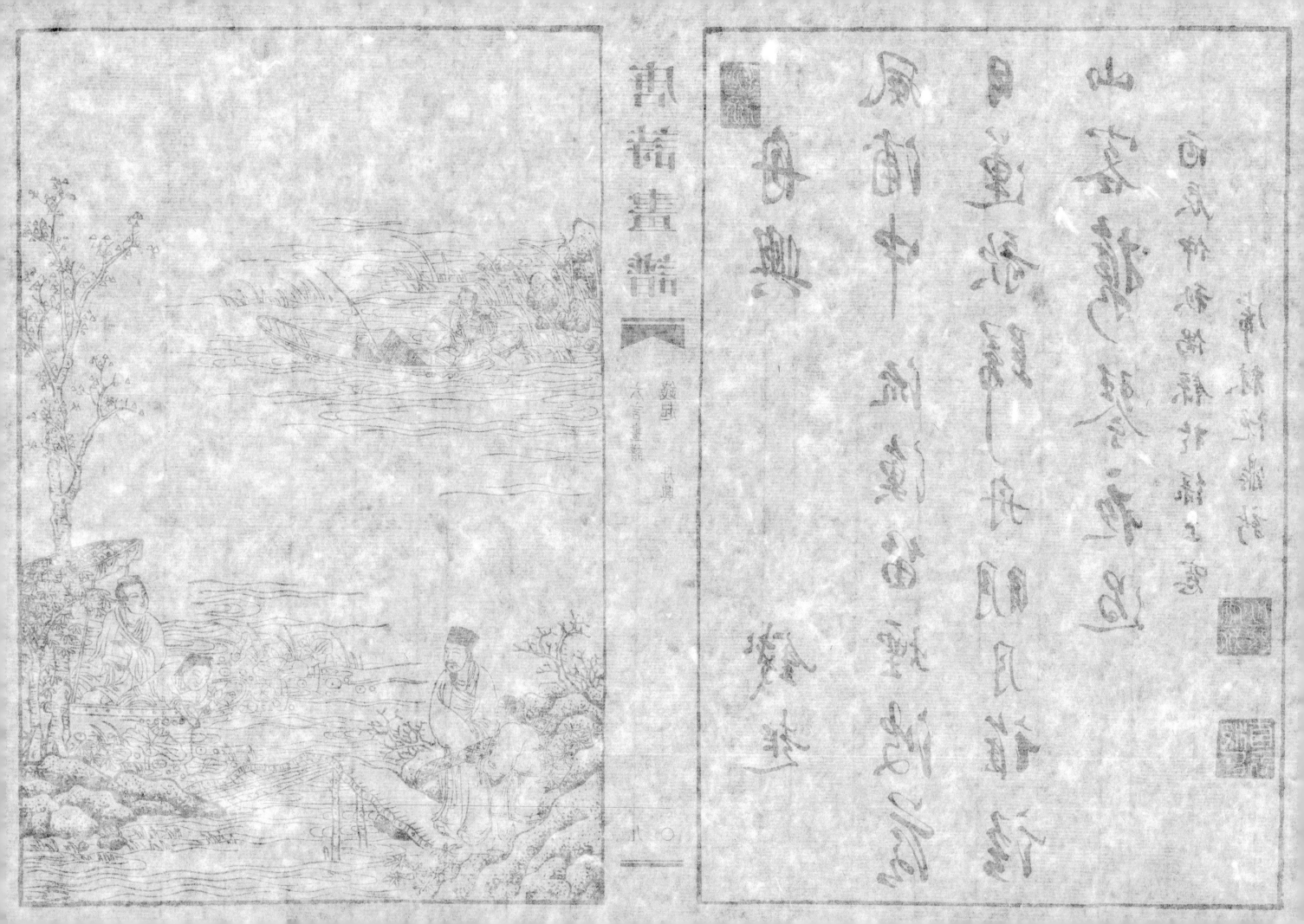

唐詩畫譜

六言畫譜

王維 幽居

幽居

王維

山下孤煙遠村天邊
樹高原一瓢顏回隨
卷五柳先生對門

唐詩畫譜

六言畫譜
張謂　白鷺

白鷺

張謂

曠野鴨鵝新水遠山
望之晴雲湖北江南
白鷺三三兩兩成羣

自玉新

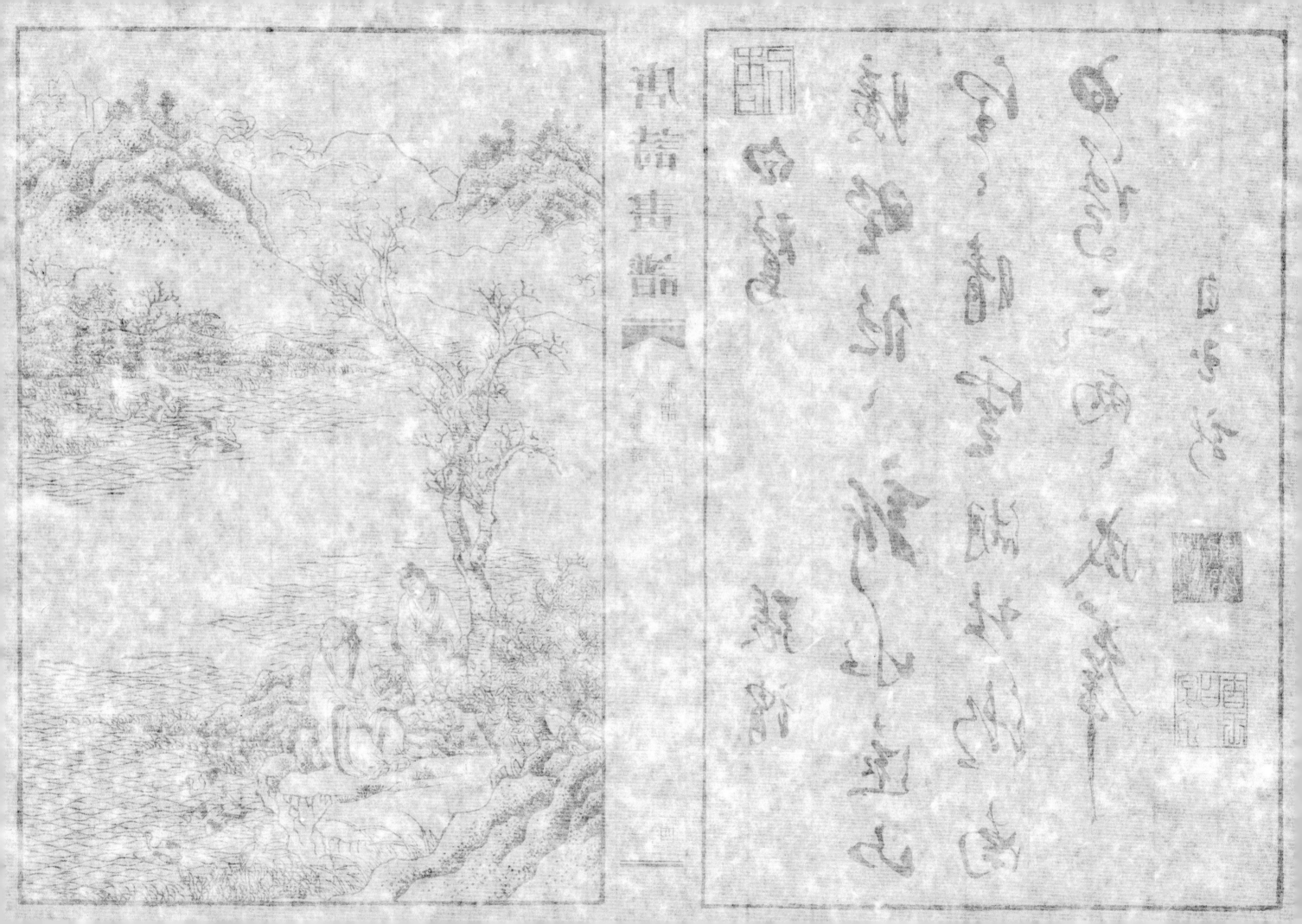

唐詩畫譜

六言畫譜
王昌齡 望月

望月　　王昌齡

聽月樓高太清南山對
戶分明昨夜姮娥現影
嫣然笑裡傳聲

錢唐十三童沈維垣

唐詩畫譜

王昌齡 璧民

六言畫譜

唐詩畫譜

六言畫譜
王建 田園樂

田園樂　王建

採菱渡頭風急，枝策其西日
斜杏樹壇邊漁父，柳花源
裏人家

萬笏畫譜

王載 田園樂

六言畫譜

唐詩畫譜

六言畫譜
王建 三台

三台 王建

酌酒會臨泉水抱琴
好倚長松南陽靈蕖
朝折東谷黃巢夜春

唐詩畫譜

六言畫譜

皇甫冉 問居李司直

問居李司直 皇甫冉

門外水流何處 天邊樹繞誰家 山色東西多少 朝こ幾變雲遮

鄧林俞之鯨

唐詩畫譜

六言畫譜
李太白 村居

二三
二四

村居　李太白

徑曲蓁蓁草綠谿深隱々
花紅鳧雁翻飛煙火鶴去
啼向春風

張性蓮

溪橋策蹇圖

李永昌　六如畫報

唐詩畫譜

六言畫譜
王昌齡 途詠

途詠　王昌齡

睢渡人迷無絕深林女伴
相將僧舍濟陳靜搖漁舟
隱隱煙光

沈光宗

唐詩畫譜

六言畫譜

皇甫冉　小江懷靈山人

小江懷靈山人　皇甫冉

江口移舟泊　津亭斷客行

人行孤嶼外　雲在半山生

中流船自轉　曲路僧相迎

張一選

唐詩畫譜

六言畫譜

柳宗元 遣懷

遣懷　　柳宗元

小苑流鶯啼畫長門
浪蝶翻春烟鎖傷眉懷
歸倚欄無限傷心

獨醒子

唐詩畫譜

六言畫譜
孟宛 閏月重陽賞菊

閏月重陽賞菊　孟宛

前月登高落帽　今朝提
酒稱觴上林蘭菊花何幸
適逢兩度重陽

武林陸維謹

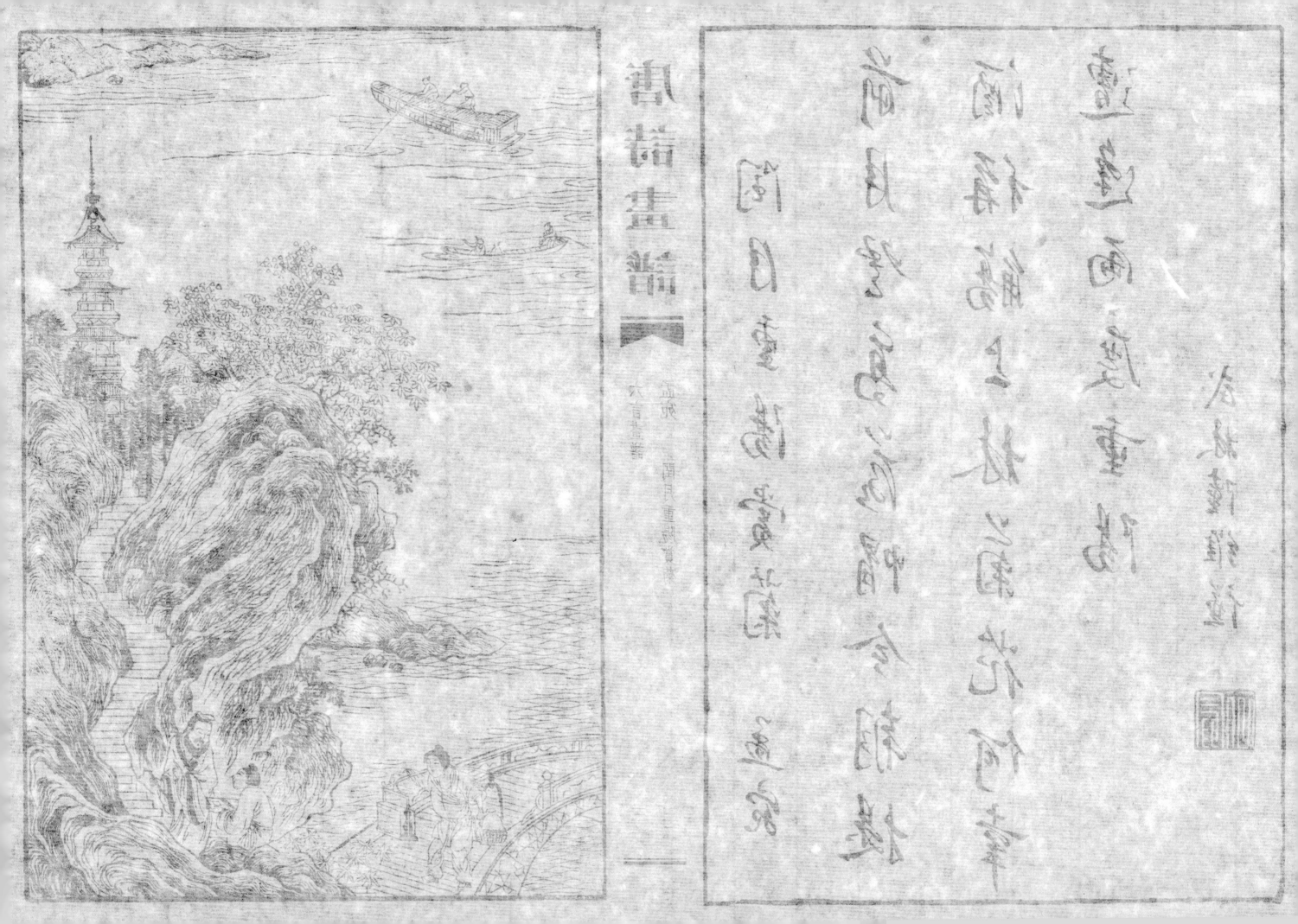

唐詩畫譜

六言畫譜
王建　村居

村居　　王建

蔞蒿春草秋綠蘆花長稻
夏寒牛羊自歸村巷兒童
不識衣冠

士儀

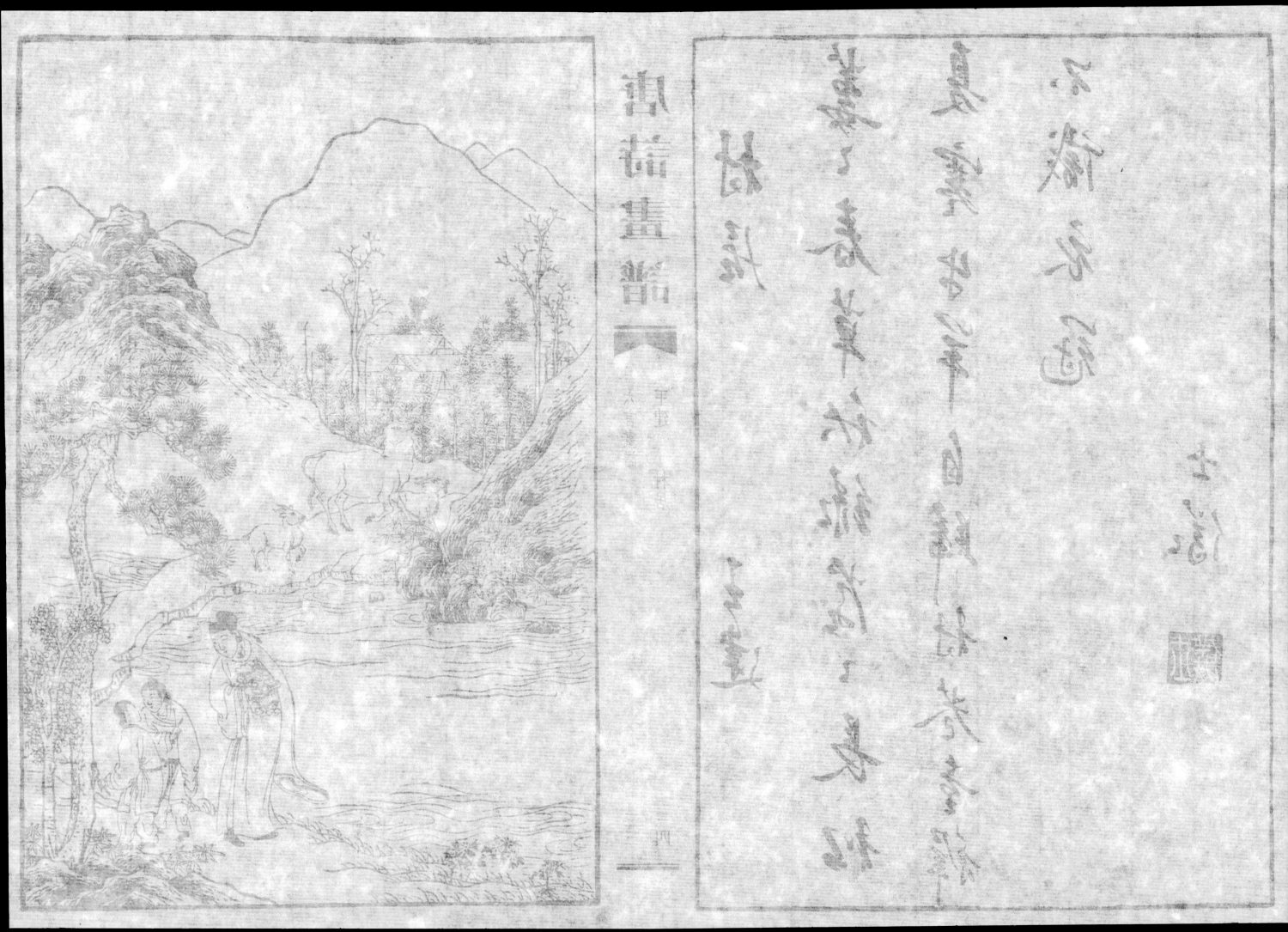

唐詩畫譜

六言畫譜
杜牧之 山行

山行 杜牧之

家住白雲山北路邊
孤橋東柏發溜之落雨
走檻落之秋風

沈惟廬

唐詩畫譜

六言畫譜
白浩然　秋晚

秋晚

白浩然

荒鳥懷楓林杪高高霽色
梧桐一葉鄉陽蕪平野家
搖棹秋風

太英

自述

白居易

山卧龍潤石追思古典
白晝孤鶴風雨深
著述已足三分
席林沈德帖

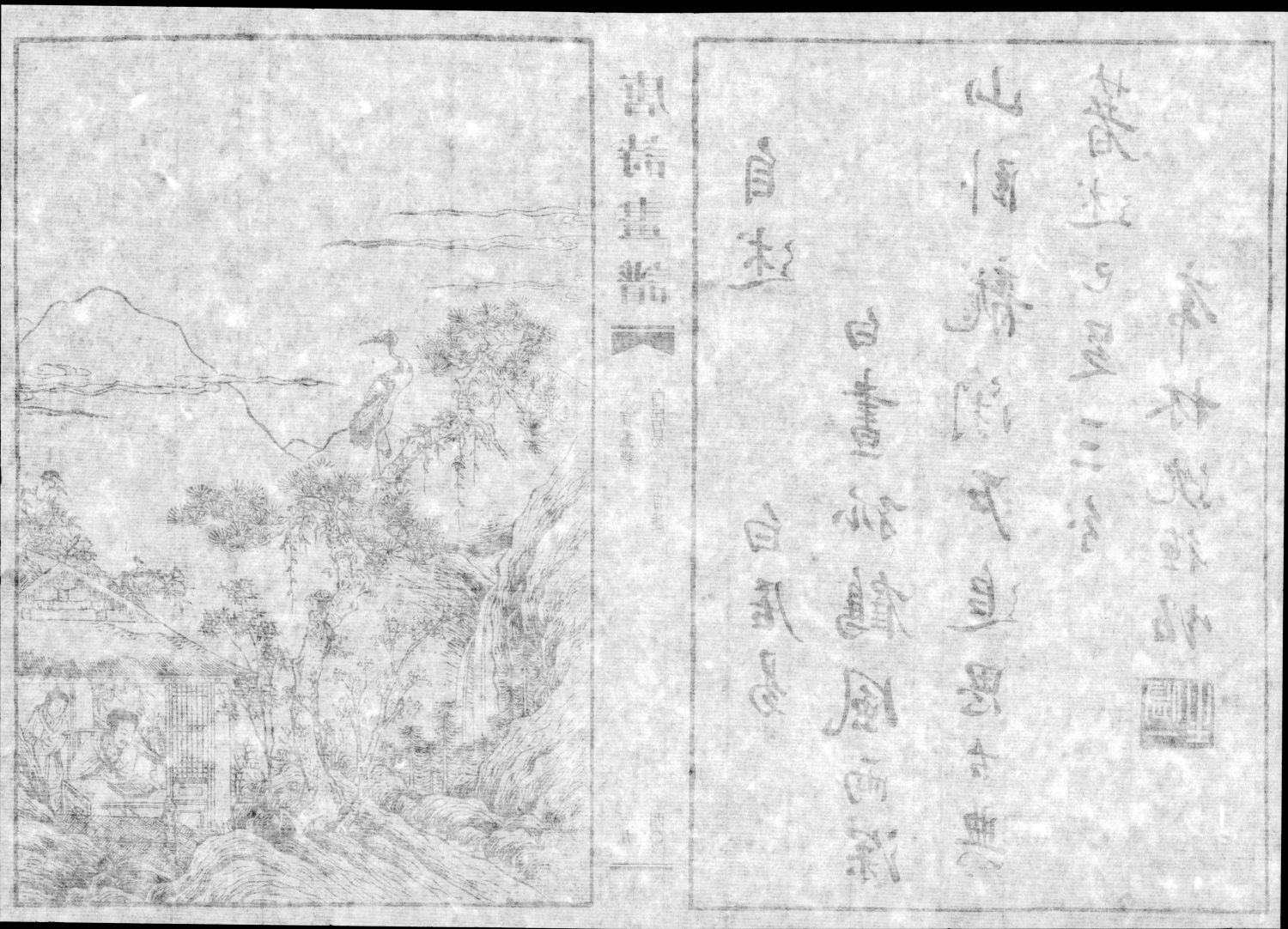

唐詩畫譜

六言畫譜

李白 醉興

醉興 李白

江風蕭索水狂山自峨
酣飲醉臥松竹梅綠天
地藉為衾枕

俞昆龍

唐詩畫譜

六言畫譜

李太白 雪梅

四三 四四

雪梅 李太白

新安江水清淺 黃山白雪
崔嵬徧地雨中春 子盈
枝雪後寒梅

吳士奇

唐詩畫譜

六言畫譜
王摩詰 散懷

散懷 王摩詰

不見一人萬戶猶是小王南
藉書府鳴珂玉之庭映明發
發明人

四五
四六

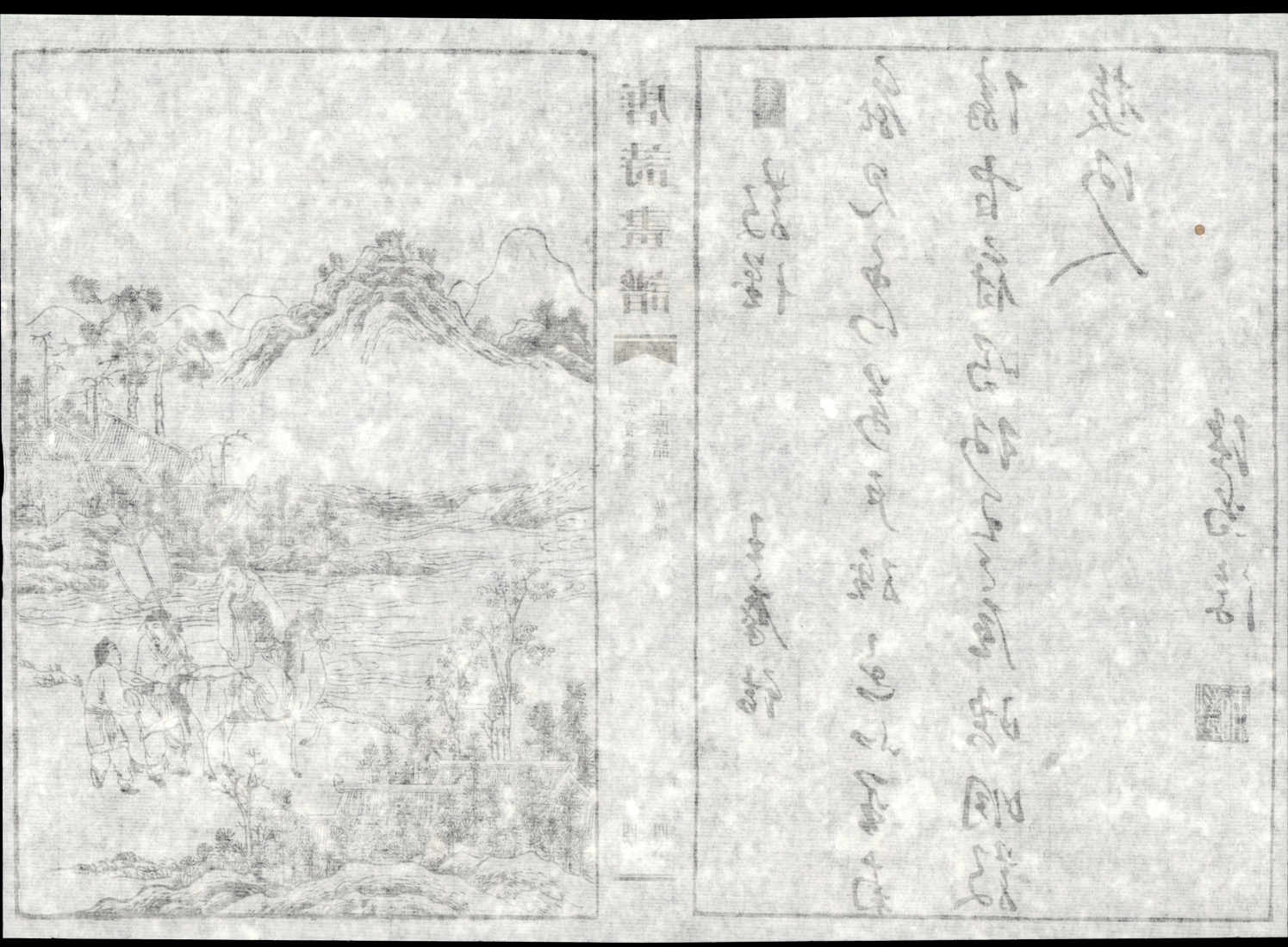

唐詩畫譜

六言畫譜
劉長卿 對琴

對琴 劉長卿

淨几橫琴曉寒 梅花落盡
弦間秌嶺清吟無句續頻
門外青山

張仲子

唐詩畫譜

六言畫譜
劉長卿 感懷

感懷

白雲千里萬里明月前溪
後溪惆悵長沙謫去江
潭芳草凄凄

劉長卿

柯尚遷

唐詩畫譜

六言畫譜

張仲素

山寺秋霽

山寺秋霽　　張仲素

疏鐘迢遞上方，蒼梧淡淡斜陽
木落湘江渺渺，秋山雲雨蒼茫
蒼梧淡淡斜陽

觀瀾

唐詩畫譜

六言畫譜
白居易 長門怨

長門怨　白居易

花落長門芳草語鳥啼芳樹依
微溪殘月來徧曉宮春
玉河遲

張存樸

唐詩畫譜

六言畫譜
王維 春眠

春眠　王維

桃紅複含宿雨 柳綠更
帶春煙 花落家童未
掃 鶯啼山客猶眠

唐詩畫譜▶

六言畫譜

杜牧之　野望

野望　　杜牧之

清川永路何極落日孤舟

自攜乃向平蕪春　　人

隨流去東西

俞士仁

唐詩畫譜

六言畫譜

韋元旦 烟雨

煙雨

韋元旦

烟雨湖光軟漾空濛山色生
喬憶眉殷家橋水流連不覺
遄飛

余穉經

唐詩畫譜

六言畫譜
李太白 蓮花

蓮花 李太白

輕橈泛泛紅妝湘裙波
濺鴛鴦蘭麝薰風飄
紗吹來都作蓮香

汪懋學

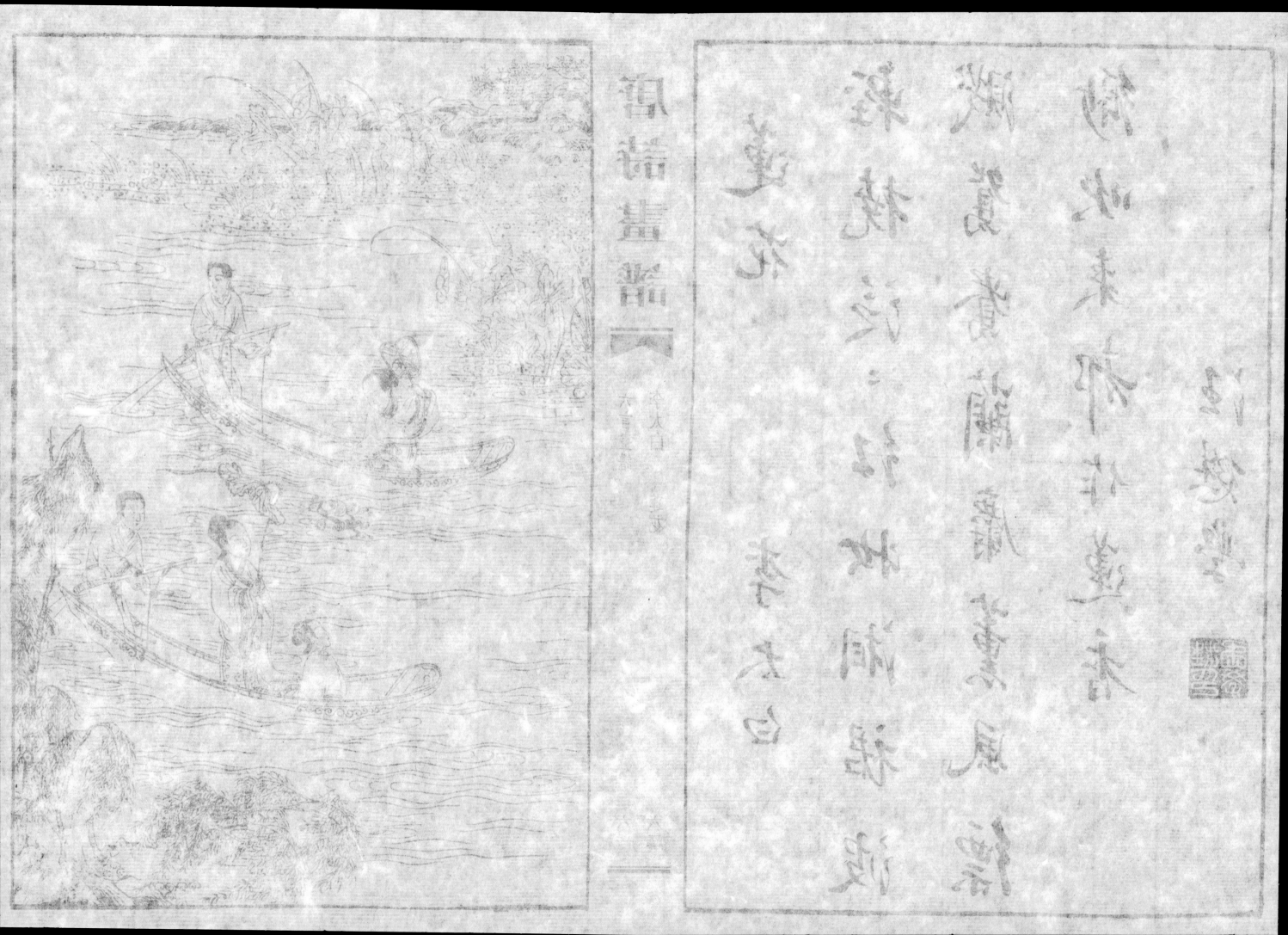

唐詩畫譜

六言畫譜
岑參　春山晚行

春山晚行　　岑參

洞口桃花帶雨溪頭楊柳牽

風鳥度殘陽上下人隨流水西

東

徐士信

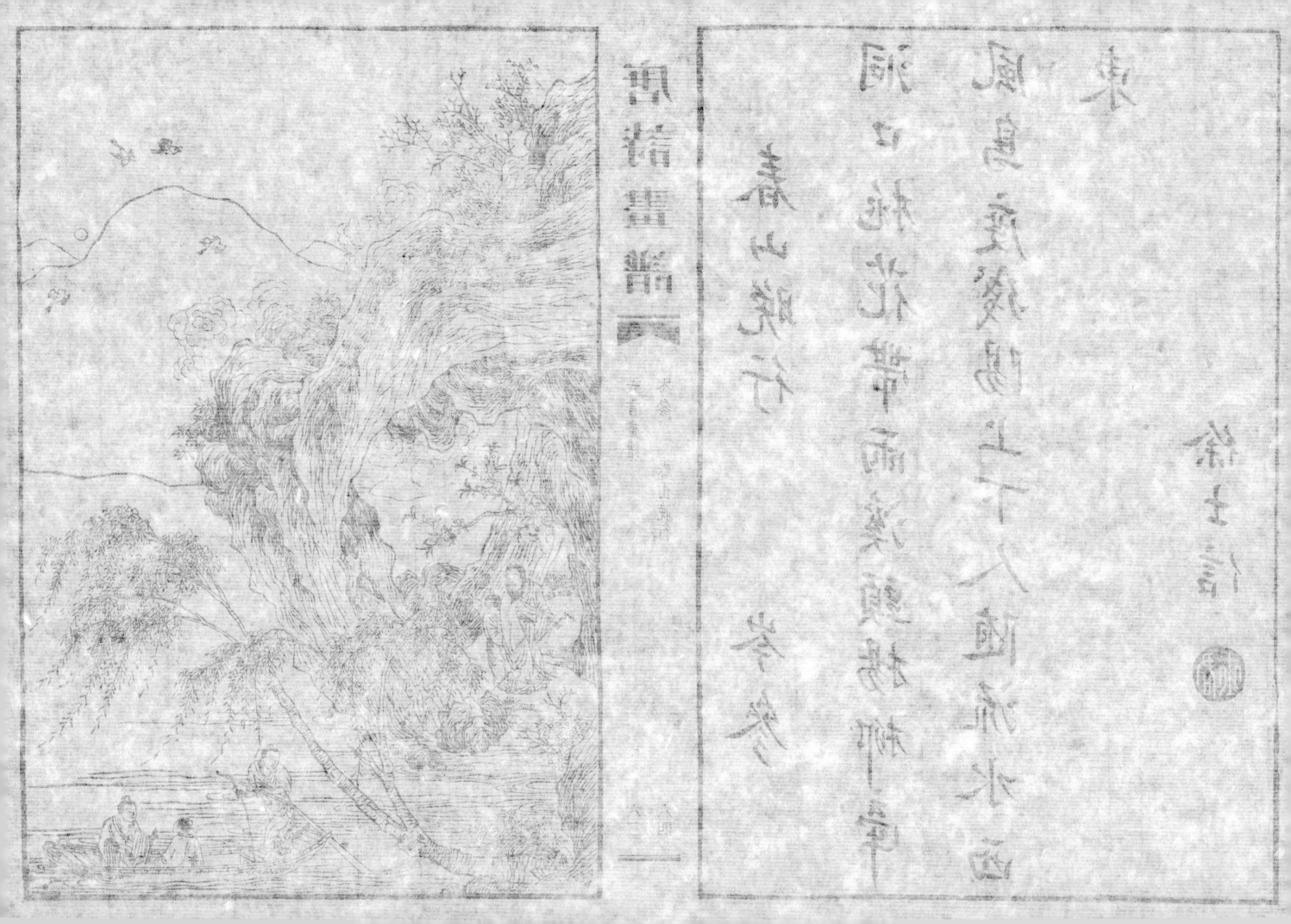

唐詩畫譜

六言畫譜
白樂天　溪村

六五
六六

溪村

白樂天

蒲短斜侵釣艇溪廻曲抱人

家隔樹惟聞啼鳥捲簾時見

飛花

文石

唐詩畫譜

六言畫譜
王建　秋閨新月

秋夜新月　王建

色偏深處夜長
度風吹雨屋氣吹雲寒人
餘眉新月畫如鉤

武林蘭如鵬書

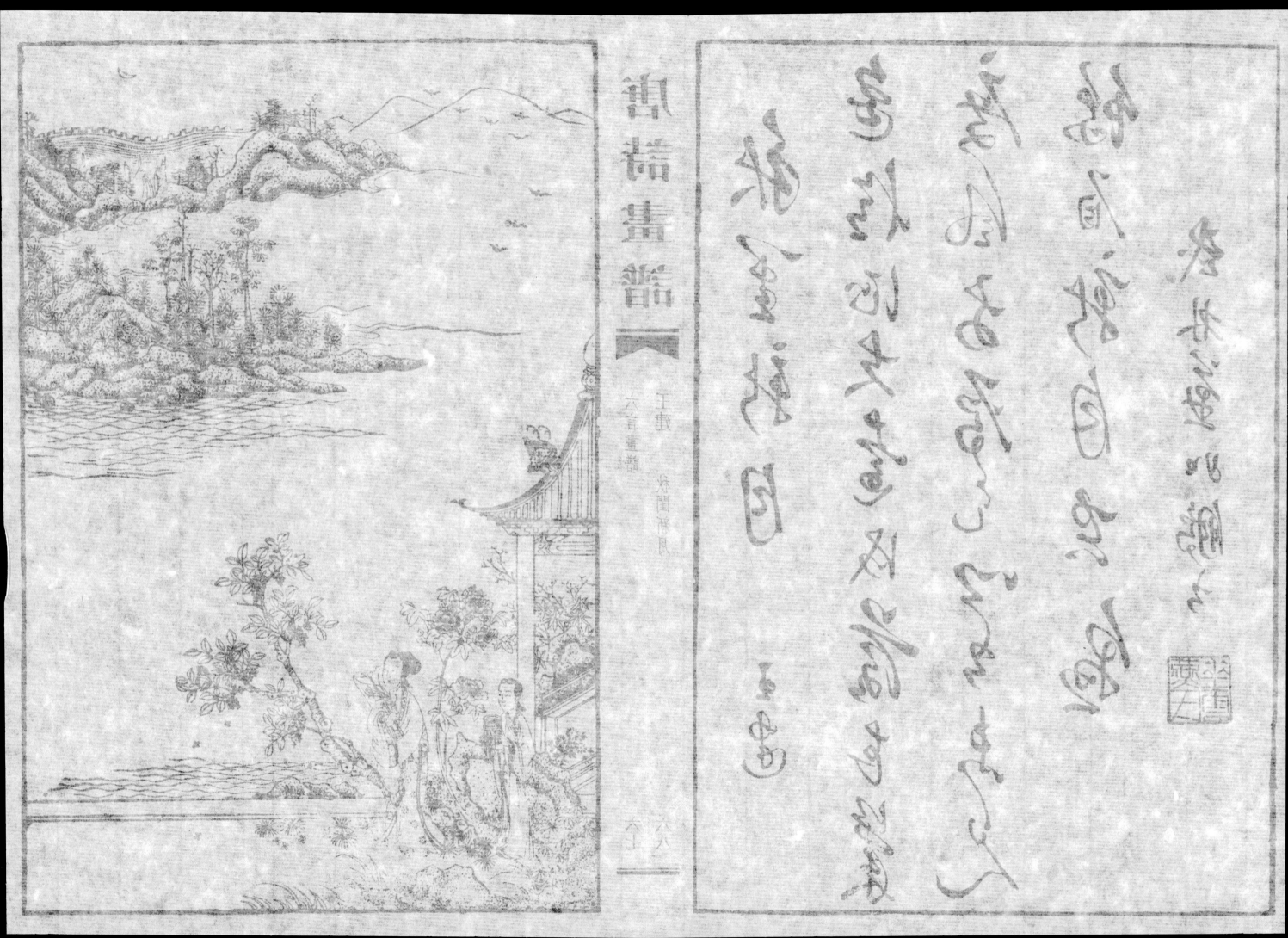

唐詩畫譜

六言畫譜
崔惠童
渡黃河

渡黃河　崔惠童

孟津城北河開岛商賈移
舟徘徊寳有龍蛇地
揭厲競牛斗天來

雲雲道人鵬

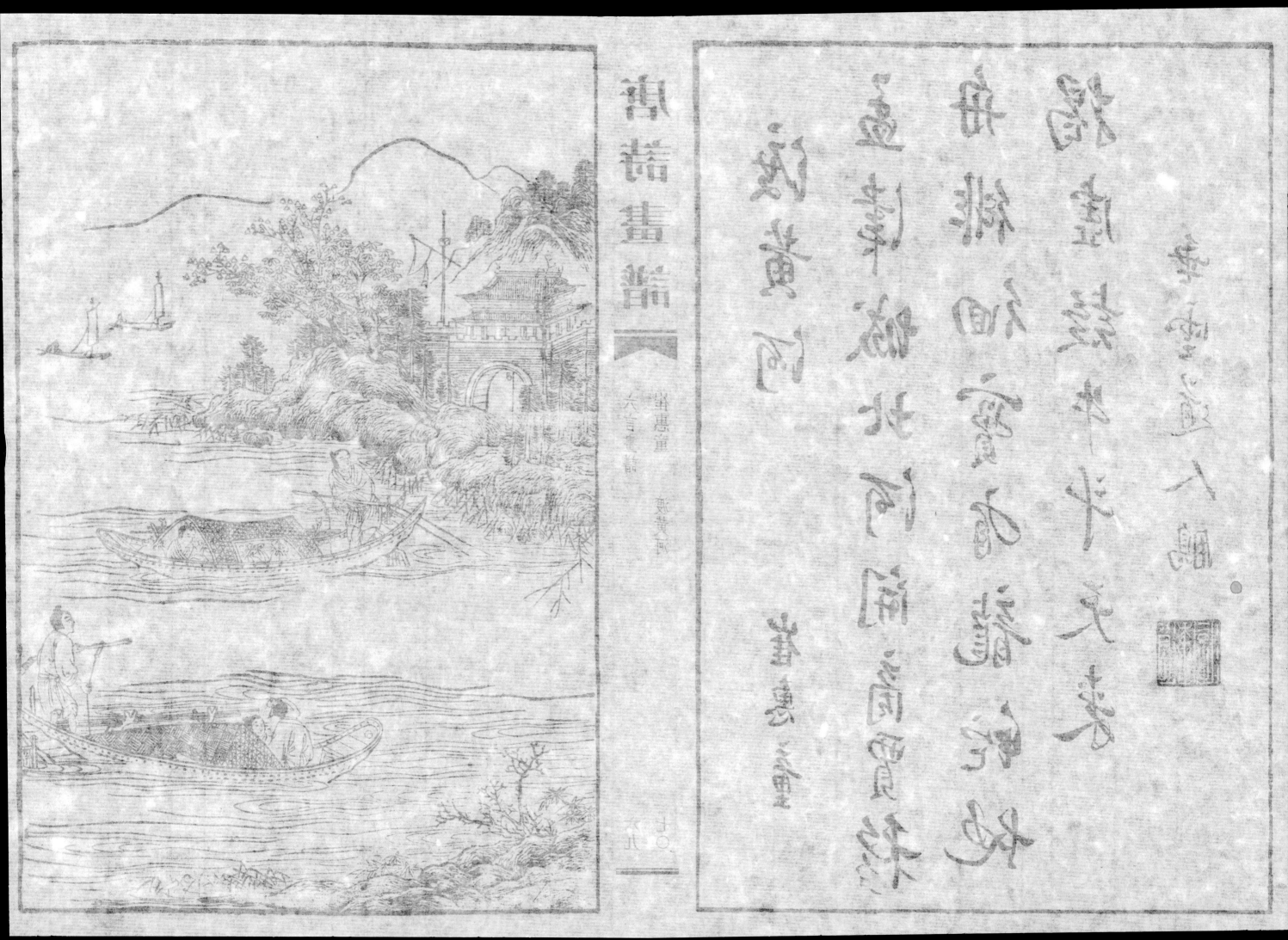

唐詩畫譜

六言畫譜
李白　春景

春景　　　　李白

門對寒溪流水雲連雁宕
仙家誰解幽人幽意慣
看山鳥山花

世芳父

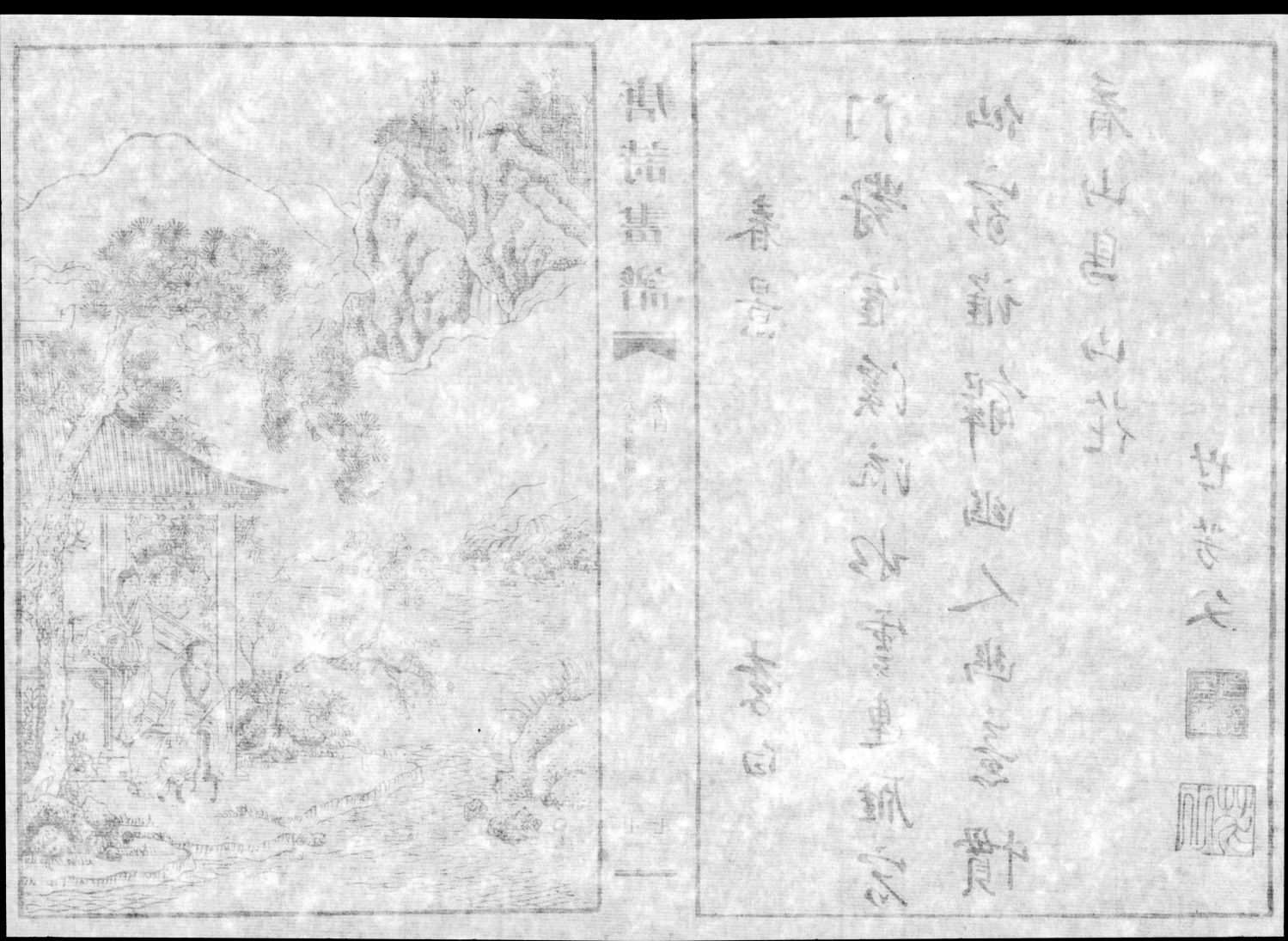

唐詩畫譜

六言畫譜
李白　夏景

夏景　李白

卷簾高人睡覺不知春

花柳空庭無風燕語

庭空孤梅獨鳴

稚隆

唐詩畫譜

六言畫譜
李白　秋景

七五
七六

巀景　　李白

昨夜盧風忽轉驚看雁

度平林詩興正當幽寂

推敲韻落寒帖

古林

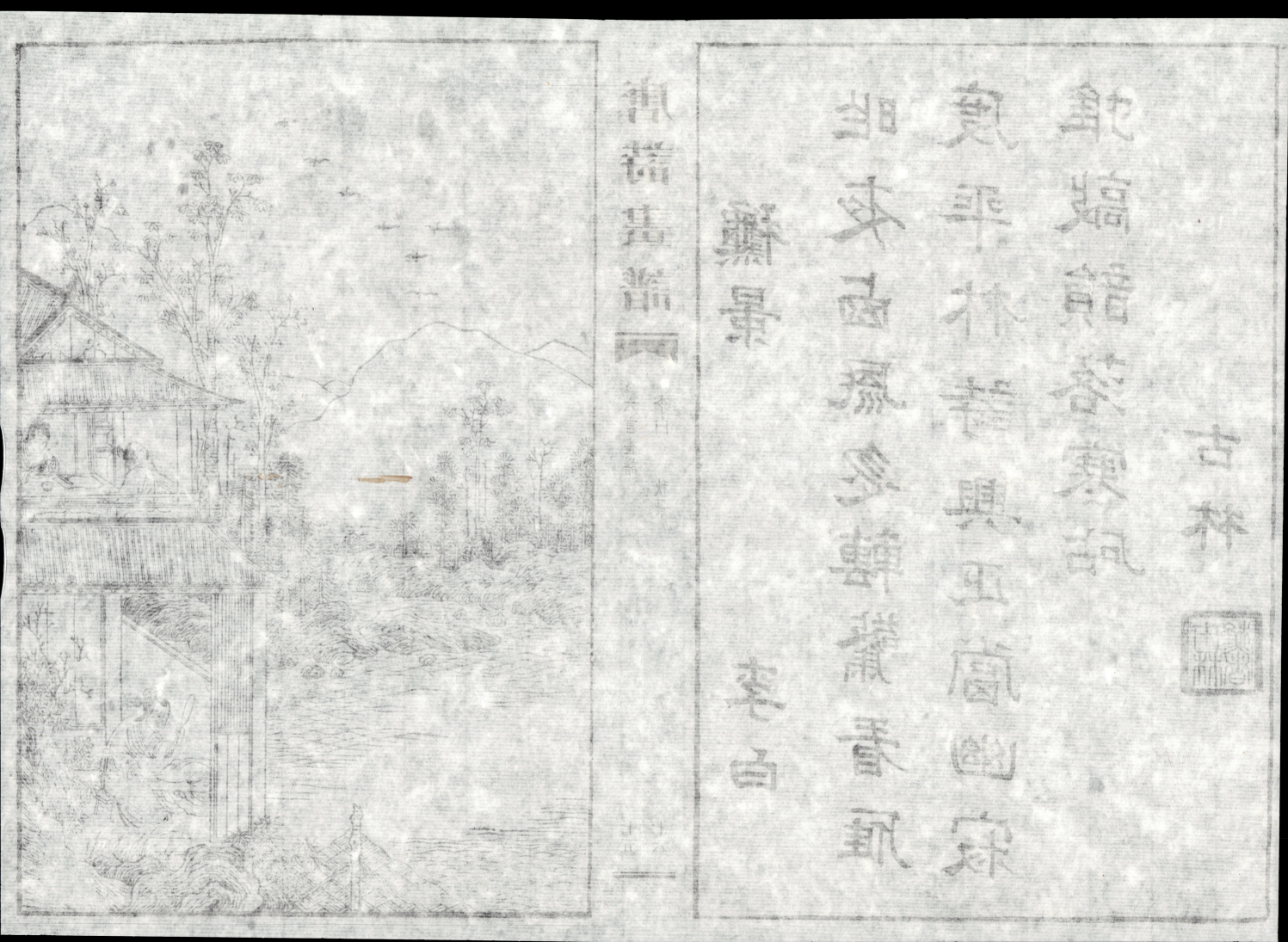

唐詩畫譜

六言畫譜
李邕　題畫

題畫

李邕

對雪寒窩酌酒敲冰暖
閣烹茶醉裏呼童展畫
咲題松竹梅花

君玉山人

尋張逸人山居　劉長卿

危石繞通鳥道空山更有人
家桃源定在深靄澗水浮來
落花

清甫 〔印〕

唐詩畫譜 ▆

劉長卿　尋張逸人山居
柳宗元　寒食

七九
八〇

寒食　　柳宗元

春兩黃昏草色榆錢滿
地浪飛祗逢今日寒食
游子歸馬歸

〔印〕

唐詩畫譜 ▶

杜子美　村樂
杜牧之　草廬

八一　八二

村樂　杜子美

心遠不知何處家貧惟郤
年畫彔悄悄寧忘云云顛
毛已作山首

俞文煒

草廬　杜牧之

昔夢臥龍滕蹟今登忠武
祠臺南陽樓閣牡麗草廬
千載輝煌

珠呂

唐詩畫譜

林茂之
林午美　林榮

物性

青山無山日暮和僑士老

学人物意

姚江武士英

唐詩畫譜

王勃　獨坐

羅隱　憶雁山

憶雁山

羅隱

天下名山雁宕人間勝景龍

謝我欲乘閒到此攜僧衲

院同游

徐明桂

書畫譜

歸思

顧況

再見封侯萬戶空　譚陽壁一
雙誰勝藕蒴南舡何如高臥
東窓

余學綸

唐詩畫譜

顧況　歸思
孟郊　賀友

賀友

王籥己后名□

韶人家子秋荤墓魚□

相坐以萬象雪地風雲農

貫文

承節

陸□□書

書畫譜

游宕山　王建

古木辣陰印苔隔江山色崒
崑草長漁溪閒却月明
鈞艇歸来

翁大椿

唐詩畫譜

王建　游宕山
高適　元日

八七
八八

元日　高適

蜀樹金衣翠明芳尊
桂酒攦擐就歲枌傾
鶏武鳴春敲雜篚簧

應允祥

自適　王摩詰

山南結其廬林下遊玉

初服寧為五斗折腰何

如一瓢滿腹

盛可傳

唐詩畫譜

王摩詰　自適

白浩然　遇風

遇風　　白浩然

秋風吹日無光十里塵沙

面黃忽變南雲女戰翻

疑址海鵬翔

錢唐陳宗善書

唐詩畫譜 ▶

王摩詰　田園樂
駱賓王　辟穀

九一
九二

田園樂　王摩詰

曙色天開紫氣風光庭入
青陽耕鑿誰知帝力逍遙
人在羲皇
盛可述

辟穀　駱賓王

白社堪臨綠水青山好駐
紅顏曾獻栽花縣裡還從
辟穀人家
瀛海王繼宗

唐詩畫譜

羅隱　洛陽
韋莊　思鄉

九三
九四

洛陽
羅隱

洛陽女如春花白馬金鞭
散斟歡問伊在何處佳人才
子名家

黃冕仲

思鄉
韋莊

一番故園平生慰到
東佳爭名去涯泊絕
閒隨心子涯懷

柳為鴻

唐詩畫譜 ▶

李白　冬景
羅隱　秋閨新月

冬景　李白

凍筆新詩懶寫寒爐美
酒時溫醉看梅花月白恍
疑雪滿前邨

髮僧猴之 [印]

秋閨新月　羅隱

遙憶故人遠別落花幾度
風前鴈足鄉書未見孫眉
新月空懸

柯尚遷 [印]